KB145735

아름다운 유혹

경규민 제2시집

시음사
시사랑음악사랑

문학에 대한 열정으로 늘 젊은 시인 경규민

서정적이면서도 교훈적이고 때로는 저항적이면서도 강력한 현실풍자를 하는 경규민 시인이 '아름다운 유혹'을 시작했다. 시인의 유혹에는 마치 정지용의 詩 세계를 보는 듯하다. 한 편의 작품 속에는 향수가 있고 또 한편의 詩 속에는 인생을 그리는가 하면 가슴 저 밑바닥에는 살아온 삶을 후회하는 밑그림도 그려져 있다. 이러한 이미지를 전달할 수 있는 것은 시인이 삶에서 얻어진 산물인 만큼 한층 견고하고도 생생한 현장에서의 느낌을 한 폭의 풍경화로 그리고 있기 때문일 것이다.

경규민 시인은 삶의 언덕을 왕래하면서 독자에게 쉽고 흥미로우면서 무언가 가슴에 와 닿는 이야기를 들려주려 한다. 감상적, 낭만주의 또는 생명 중시에서 공상과 환상의 세계를 기하학적 도형을 그리며 논리적으로 보여주고 있다.

경규민 시인이 '작은 소리'라는 제호로 첫 시집을 발표하고 난 후, 어느새 2년이 지나는 동안 시인은 독자를 유혹하기 위한 새로운 작품을 준비했다. 문학에 대한 열정으로 늘 젊은 시인처럼 세상과 소통하는 시인이기에 2집 '아름다운 유혹'을 독자는 설렘으로 기다렸다. 자연과 어우러지는 잔잔하고 개성적인 인생관을 경규민 시인은 작품으로 표현하고 독자는 시인을 통해 새로운 경험을 할 것이기에 기쁜 마음으로 두 번째 시집 '아름다운 유혹'을 추천한다.

사단법인 창작문학예술인협의회 이사장 김락호

시인의 말

도자기를 만드는 장인(匠人)들이
부수고 만들고 또 부수고 몇 번을, 아니 수십 번을 손질하
며 마침내 명품을 만들어 내듯,
시인 역시
수십 번을 생각하며 썼다가는 지우고 또 쓰고,
그리하여 한 편을 시를 지어낸다.
스스로 자긍심(自矜心)을 가지면서도 한편으로는,
독자 여러분으로부터 사랑을 받을 수 있을까? 하는 두려움
을 갖는다.
이번 "아름다운 유혹" 시집이
독자 여러분께 더욱 가까이 다가가기를 조심스럽게 기대
하면서
따끔한 회초리라도 주신다면 겸허히 받아들여
한 층 더 성숙해지는 계기로 삼고 싶다.

이 자리를 빌려
항상 제게 성원을 보내주신 이사장님과 협회 문우님들께
심심한 감사의 말씀을 드리며
옆에서 묵묵히 응원해준 우리 가족들에게도 고마움을 전
한다.

시인 **경규민**

하얀 종이 위에

갈고 닦으며 써 내려가는 즐거움

이렇게 좋을 수가,

오늘도

휘파람 불며 여름을 간다.

또 다른 향기와 행복을 찾기 위해,

✿ 목차

오랜만에 손잡으며 어깨 기대고 앉아

조용히 들려오는 따뜻한 숨소리에 취해본다.

이제부터는

내 삶으로 당신의 삶을

꼭꼭 채워주면서

늘 고운 웃음만을 달고 살게 하고 싶다.

🐾 목차

동그라미는

사랑이며 믿음입니다.

웃음이며 행복입니다.

그래서 난,

곳곳에 숨어있는 동그라미를 찾아

동그랗게 그립니다.

목차

본문
시낭송
감상하기

QR 코드 스마트폰으로 QR 코드를 스캔하면 시낭송을 감상할 수 있습니다.

 제목 : 문풍지
시낭송 : 노금선

 제목 : 아침이슬
시낭송 : 김지원

 제목 : 저녁노을에 앉아
시낭송 : 박순애

 제목 : 봄의 여울목
시낭송 : 박영애

 제목 : 나의 更年期 (갱년기)
시낭송 : 최명자

 제목 : 파도
시낭송 : 박영애

 제목 : 밤의 찬가
시낭송 : 김지원

 제목 : 산정호수
시낭송 : 박태임

 제목 : 아름다운 유혹
시낭송 : 최명자

 제목 : 불청객
시낭송 : 박순애

 제목 : 6월은
시낭송 : 박영애

 제목 : 사노라면
시낭송 : 박태임

 제목 : 한줄기 눈물
시낭송 : 최명자

 제목 : 겨울나기
시낭송 : 박순애

시인은 자연을 이야기하고 시낭송가는 자연을 품었다.
글자는 날개를 달아 언어로 날고 소리는 자연에 눕는다.

문풍지

기지개 켠 개구리가 뒷걸음치고
화사한 옷맵시를 드러내지 못해 안달하는
꽃망울들의 원성이 들린다.

양지쪽에 모여 있는 햇볕이 아직도 엷은데
윗목 소쿠리에 씨 종자 감자가 日出 할 기세다

바늘구멍을 세차게 밀고 들어오는 황소바람에
참지 못한 문풍지가 그만 바르르 떨고
할머니는 인두로 화롯불을 꼭꼭 다지고 계신다.

문풍지가 떨어지기만을 기다리는 올봄은
할머니 손짓에 금방이라도 달려올 듯
남쪽에 바짝 기대서 있다

봄의 진 맛은
할머니 손끝에 있다.

제목 : 문풍지
시낭송 : 노금선
스마트폰으로 QR 코드를 스캔하면
시낭송을 감상할 수 있습니다.

올봄 : 이른 봄

8

물음표(?)

오늘도 현관문을 나서면서
넓은 호수에 낚시를 던졌다
어떤 部類의 고기가 매달려올지
궁금하면서도 기대를 건다.

늘
던졌다가 건지고 또 던지면서
喜怒哀樂을 낚아 마음을 다잡기도 하고
어느 때는
인내를 낚싯대에 매달기도 한다.

비를 잡기 위해 낚싯대를 드리우고는
오늘일까? 내일일까?
초조하게 기다리는 요즈음이다

어쩌면 우린, 이렇게
매일 매일
물음표를 낚시처럼 던져가면서
낚시꾼으로
살아가는 것이 아닌가 싶다.

봄의 뒤안길

꽃다발 한 아름 안고
향기 날리며 달려오더니
머지않아
맺은 정을 곳곳에 소복이 매달아 놓고는
슬며시 떠나가겠지

올 때는 아름다워 좋았고
갈 때는 다시 온단 기약이 있어 좋다

그러기에 난,
손 흔들고 웃으며 안녕이라 말하련다.
라일락 꽃향기 消盡 되면,

내년 다시 올 즈음엔
동네 어귀 산자락에 마중 나가
목이긴 한 마리의 학이 되리라

아침이슬

밤새 무슨 사연 있었기에
가지마다 풀잎마다 방울방울 맺혔나요.
사랑의 눈물인지 이별의 눈물인지,
초롱초롱 빛나는 것은
아마도
아름다운 사연의 눈물인가 봅니다.

이 아침
창 넘어 파란 잎에서
유난히 빛나는 저 이슬방울은
임에게 보내드리고 싶은 제 마음입니다.

아침 햇살이 살포시 내려앉는
앞마당 가 텃밭에
수정보다 더 빛나는
그런 이슬방울이면 좋겠습니다.

종종걸음으로 부를,
동글동글 터질 듯 꽃망울처럼 맺히면
더욱 좋겠습니다. 이 아침에,

제목 : 아침이슬
시낭송 : 김지원
스마트폰으로 QR 코드를 스캔하면
시낭송을 감상할 수 있습니다.

11

염원(念願)

지난날들이 부끄럽다
서로가 철천지원수가 되어
쉴 새 없이 嫉視의 화살을 마구 쏘아대며
네 불행을 내 행복으로 치부하면서 살아온
긴 세월

그러나 이제
한 핏줄은 서로 미워할 수 없다며
참회하는 통곡의 눈물이
큰 물줄기 되어 서로 만났으니
크고 작은 상처들을 서로 보듬고
이참에 하나가 되어보자

더 늦기 전에
크고 넓은 곳을 향해 함께 나아가기를
간절히 바라면서
고개 숙여 두 손 모은다.
두물머리, 네 앞에서,

두물머리 : 두 물줄기인 북한강과 남한강이 만나는
　　　　　곳이라는 의미를 지니고 있음. 두물머리는 양수리의 우리말임

금붕어가 놀던 자리

한 마리 두 마리
아이들 손 잡고 교문을 나서
겨우살이를 떠난다.

초겨울이 머무는 작은 연못
안타까움과 허전함이
빠져나간 물만큼이나 그득한데

초롱초롱 눈망울들이
얽히고설키고
봄을 당기려는 아이들 마음이
수북이 쌓인다.

그 작은 연못 안에,

저녁노을에 앉아

저녁노을에 앉아
당신의 지난 삶을 잔잔히 펼쳐봅니다.

새벽을 헤치며 들에 가셨다가
저녁노을을 듬뿍 짊어지고 돌아오시곤 하셨지요.
벼 이삭들이 누릇누릇 탐스럽게 익어간다고
입맛을 다시면서 좋아하셨고요.
힘들지 않으냐면
너희만 보면 저절로 힘이 솟는다며
머리를 쓰다듬고 어깨를 도닥여 주셨습니다.

늘 그날이 그날이고
갠 날보다도 궂은날이 더 많았을 텐데
가끔 몇 번의 헛기침과 허허로운 웃음이
내색 전부였던 당신

도대체
아버지란 대명사가 무엇이길래
가장(家長)이란 직함이 무언데
찌들고 고단했던 삶을
온전히 내려놓지도 못하고
등허리며 양어깨며 손발에 박힌 그 흔적을
그대로 가지고 가셨습니까?

늘 제게 용기를 주시고
자리가 무엇인지를 깨닫게 해 주셨던 분은
바로 아버지, 당신이셨습니다.

오늘도 제 곁에서
어깨를 어루만져 주시는 내 맘속의 당신
실—물결이 어깨를 스쳐 갑니다.

노을이 점점 짙어가네요. 아버지.

제목 : 저녁노을에 앉아
시낭송 : 박순애
스마트폰으로 QR 코드를 스캔하면
시낭송을 감상할 수 있습니다.

어느 초가을 날의 戀歌(연가)

책보 끈 어깨에 질끈 동여매고
마을 앞길을 날갯짓으로 달려오면
어느새 하던 일 내려놓고는
내 팔 끌어 볼 비비며
감춰 두었던 날고구마 한 개를
풀밭에 쓱쓱 문질러 주시는 당신 앞에서
낱장으로 꿰매 만든 공책 들추며
빨간 색연필로 친 동그라미 하나, 둘, 셋……
당신은
내가 먹는 고구마보다 더 맛있어하는 표정이셨습니다.

낮잠 자던 그림자가 길게 기지개 켜면
하던 일을 주섬주섬 챙겨 광주리에 담아서이고
비탈길을 미끄러지듯 내려오셨지요.

고추 감자가 마구 섞인 구수한 된장찌개에
쓱 쓱 비벼주시던 그 보리밥 맛은
지금도 잊지 못해
입맛을 다십니다.

툇마루에 하얀 모기장 쳐지고
풀벌레들의 향연이 시작될 즈음
갓 삶은 감자 소쿠리를 모기장 안으로 밀어놓고는
바쁘지 않으면서도 바쁘다며
뒤꼍 우물가를 서성이고 계셨습니다.

모기와 힘겨루기하던 모깃불 쑥 냄새가
허공을 맴돌며 사라질 즈음
빈 입맛을 다시면서 앞치마를 벗어들고 다가와
스르르 잠드는 남매에게
낡은 부채로 정을 나눠 주셨죠
그렇게 초가을 밤은 깊어 갔습니다.

어머니!
그때 기르던 누렁이가 빈 밥그릇을 핥고 있네요.

봄의 여울목

봄을 품은 대지 위에
비가 축축이 내렸다
마을 어귀 낮은 골짜기
따뜻한 햇볕이 모여 있는 곳에
버들가지가 실눈을 떴다.
대지 위에선
노란 새싹들의 옹알이가 새어 나오고
나목(裸木) 가지들도 귀 쫑긋이 세우고는
멀리서 다가오는 봄의 소리를 엿듣고 있다

얼음장 밑 졸졸 흐르는 물에선
버들치 송사리가 애써 몸을 숨기며
서서히 몸을 풀고 있다
아이들의 봄맞이 소리도 한 테 어울려
엄동설한을 이겨낸 기쁨으로
와글와글하다

봄이 점점 넓게 흩어져 내린다.

제목 : 봄의 여울목
시낭송 : 박영애
스마트폰으로 QR 코드를 스캔하면
시낭송을 감상할 수 있습니다.

봄의 참(眞) 향기

꽃향기 여울지는 봄
따가운 햇볕이 옹기종기 모여 앉은 들녘

밭매는 아낙들의 이마에서
구슬 같은 땀방울들이 곡예를 부리며
앞가슴으로 쉴 새 없이 굴러떨어져
저고리 섶까지 축축하게 적시고

뒤뚱거리며 논갈이하는 농부
비 오듯 연신 떨어지는 땀방울이
온몸을 흥건히 적시어
허리춤에 걸친 꾀죄죄한 수건이 바쁘다

땀과 흙먼지가 아우러져
옷에서 나는 그 퀴퀴한 냄새

바로
봄의 향기다
가을을 기약하는 봄의 참(眞) 향기다

한 끗 차이

꼬리표를 달고 있는 이월(移越)상품들
경품에 대해 기쁨과 실망이 교차하는 그 순간
작동하는 집단 속에 여지없이 찍히는 등급의 변곡점들
그뿐이랴 합격 불합격이란 현실 앞에 웃고 우는 사람들
스피드 스케이팅에서 1등과 2등과의 차이--

한 끗 차이,
도대체
그 틈새는 얼마며 또 무엇이란 말인가

틈새를 좁히려고
아니, 뛰어넘기 위해
아등바등 아귀다툼하며 오늘을 살아간다.

우리, 편하게
칼로 두부 자르기라 해두자
그리고는
인생사의 감초요 변명의 면죄부라고
고리 표를 달아주면 어떨까. 까짓것
팔자려니 하고서,

맑은 하늘엔

맑은 하늘엔
알록달록 아름다운 꽃들이
단지 이루고

형형색색 터질 듯 과부하 풍선들이
울타리에 조롱박 걸리듯 즐비하다

여기저기 뜯겨서 해진 담요들이
추하게 펼쳐져 있고

쓰레기장엔
코를 찌를 듯 퀴퀴한 냄새가 진동하고 있다

내 입으로 내뱉은 수많은 말도
여기저기 類類相從(유유상종)에 이바지했으리라
파란 커튼을 열면,

바람

늘 숙주에 기생해 살면서도
기고만장하다
예쁜 것을 보면 시샘하며
시도 때도 장소도 가리지 않고 흔들어 댄다.
누구와도 어울려 춤을 춰대며 살살거린다.

그뿐이랴
도가니 같은 열기까지도 식혀줄 수 있고
살점이라도 잘라 갈 듯 칼까지 지녔는데,

때로는
怒濤(노도)의 흉상으로 변모하여
산덩이 같은 건물도 화마로 삼키게 하고
엄청난 물 덩이 만들어 이리 밀고 저리 밀며
태산이라도 부서지게 하는 괴력도 지녔다.

냄새도 없고
색깔도 없고
모양도 없는 너

오늘따라 무지하게도 변덕스럽구나.

결초보은(結草報恩)

마을 입구 후미진 곳에서
생사의 갈림길에 있던 난 한 뿌리 가져와
별 기대도 없이 빈 화분에 심었는데
며칠이 지나자 생기가 돈다.

샛노란 잎들이 서서히 세상 밖으로 밀고 나오더니
점점 헌칠하게 자라 제법 제구실을 한다.
거실 안이 그럴듯하게,

아픔을 딛고 자라나 더욱 기특한데
어느 날 소문도 없이
새색시 수줍음으로 노란 꽃 한 송이 피어났다
지내온 세월에 송골송골 맺힌 눈물방울
아침 햇살에 영롱하다

밤새
솔솔 품어낸 향기
이 아침도
거실 안에 그득하다.

화살표

비바람 맞으면서도 한결같다
고집스럽지만
줏대가 있고, 정직하다

그래서 난,
남들이 쑥덕대고 힐긋거릴지라도
그 길로 간다.

그쪽에 답이 있고
행복이 있기 때문이다

마침표가 있는 그곳까지
인생을 짊어지고
그 방향
그길로 묵묵히 걸어간다.
오늘도,

봄의 초입에서

아직도 찬바람이
대롱대롱
나뭇가지에 끝에 떨어질 듯 매달려있는데
햇살이 옹기종기 모여앉아
모락모락 숨 고르며 속삭인다.

잔설(殘雪) 위로 살짝 고개 내민 파-란 새싹이
찬바람에 바르르 떤다.
반갑고도 치근 해서
가던 걸음 멈추고는
긴 눈 맞춤하며
내 마음도 가만히 내려놓았다

기다림에 리본을 달아서,

나의 更年期 (갱년기)

무언가 어깨를 짓누르고 있는데
불어오는 바람마저 가슴을 헤집는다.
먼 곳으로 떠나가고 싶다.
무작정

결국, 일상을 탈출해야 한다는 處方(처방)은
새소리 물소리를 콘크리트 벽 너머에 묶어 놓고
방안에 갇힌 내 온몸을
어둠으로 휘감아 놓은 채
이방인으로 만들어 놓고는
홀로 날밤을 새우게 했다

겨울을 힘겹게 들추고
殘雪(잔설) 위로 고개 든 새싹들의 따가운 눈총이
창틈을 넘어
회초리보다 더 큰 아픔으로 다가와
나를 일으켜 세워 세상 밖으로 밀어냈다.

푸른 하늘에 아침 햇살이 곱게 부서져
가슴으로 포근히 안겨 오던 어느 날
각가지 향기를 만들어 품어내고
아름다움을 그리며 노래할 수 있는
소박한 행복 하나 얻었다

하얀 종이 위에
갈고 닦으며 써 내려가는 즐거움
이렇게 좋을 수가,

오늘도
휘파람 불며 여로를 간다.
또 다른 향기와 행복을 찾기 위해,

제목 : 나의 更年期 (갱년기)
시낭송 : 최명자
스마트폰으로 QR 코드를 스캔하면
시낭송을 감상할 수 있습니다.

본능

동네 어귀 김 노인 댁 헛간에
고양이 가족이 살고 있다
얼마 전 식구가 늘었다고 하신다.

쿵 하고 발을 구르면 날쌔게 숨어버리더니
오늘은 놀리고 위협을 가해도 도망가기는커녕
오히려 매서운 눈으로 노려보면서 경고음을 보낸다.
금 새라도 버럭 달려들 것만 같아
재빨리 모퉁이로 몸을 숨기고 숨죽이며 지켜보았다

얼마가 지나자 아비 고양이인 듯
큼지막한 생선 한 마리를 물고 돌아오자
얼른 문을 터주고는 사방을 몇 번이고 둘러보다가
냉큼 안으로 들어간다.

극진한 자식 사랑 가족 사랑의 모습이다.
정겨운 저녁 식사 모습이 구수한 맛에 실려
갈라진 벽 틈새로 새어 나와
너울너울 하늘로 퍼져 오른다.

조용조용 발길을 옮겼다.

파도

사랑도 미움도
기쁨도 괴로움도
종종
파도에 실려
밀려왔다 밀려가곤 한다.

때로는
조용한 사랑의 속삭임으로,
어느 때는
참을 수 없는 몸부림과 천둥소리로 다가오기도 한다.
수없이 많은
각가지 사연들을 새기면서
썼다가는 지우고 또 쓰고,

희로애락(喜怒哀樂)의 가감 없는
인생 파노라마다

난, 오늘도
흐르는 세월 속에서
파도를 타고 있다

제목 : 파도
시낭송 : 박영애
스마트폰으로 QR 코드를 스캔하면
시낭송을 감상할 수 있습니다.

아버지 발자국

잠의 틈새가 벌어지더니
지나가던 바람이 창을 흔들며
아예 탄탄대로(大路)를 만들어 놓았다

갑자기
어릴 적 아버지를 떠 올린다.
네 할아버지는
나이가 들면 잠이 안 온다고 하셨다며
어둠이 아직도 몇 겹이 쌓여 있는데
어느 틈에 일어나셔서
하루 준비를 주섬주섬 챙기곤 하셨다

할아버지와
아버지가 그러셨듯이
나 또한
내 아들에게 그렇게 말할 때가 온 것 같다
벌써
아버지를 지나 할아버지가 된 지 꽤 오래되어
그 길을 밟고 가고 있으니 말이다

일어나 서재에 불을 지폈다

휴가(休暇)

에너지
재충전을 위한
일상(日常)의 탈출이요

feedback의
원활한 작동을
담보하기 위한 현실 도피(逃避)다

머물고 싶은 순간

원망도 敵意도 없었다.
얼굴 붉혀가며 입씨름 벌인 일은
더욱이 없었다.

오직 그곳엔,
한마음 한뜻으로 터져 나오는
도가니 속의 열기 같은 응원의 함성과
선수들의 빛나는 스포츠 정신
그것뿐이었다.

그곳에 가고 싶다
아니,
내 마음은 어느새
그때 거기에 머물고 있다
4강의 신화를 쏘아 올린 그곳에,

대- 한민국을 외치면서,

어느 날은

설렘으로 현관문을 밀고 나서자
앞산을 솟아오른 해님이
빙그레 웃으며 맞는다.

열을 다 젖혀두고
온종일 먹이를 바꿔가며
꽤 여러 군데 낚시를 던져보았지만 신통치 않다
해도 저물어 마음을 추스르며
주섬주섬 하루를 접으려 하는데

서서히 밀려온 어둠이
바람 빠진 기대(期待)까지도 가로채곤
온전히
하루를 삼켜 버렸다
더위 먹은 풀잎처럼 어깨가 축 늘어진다.

다시
새로운 하루를 맞기 위해
검은 밤(夜)으로 휘감긴 몸을 뒤적이며
머리를 쥐어짜고 있다.

방망이 소리

대청마루가 좁다며 대문 밖으로 나가 날개를 편다.
매미도 숨을 죽이고
버드나무에 착 붙어있다

옆집 동이 엄마 오더니
할머니 다듬잇방망이를 넌지시 빼앗아
어머니랑 마주 앉아 두드리신다.
뚝딱뚝딱 뚝딱뚝딱

이웃과 엮는 정겨운 하모니 소리요
세월에 밀려온
우리 여인 내들의 한을 쏟아내는 소리다
곱게 펴져 가는 비단처럼
행복을 지피라는 소리다.

고향 집에
때 묻은 채 소복이 걸려있던 그 소리
이미 멀어져
들릴 듯 말 듯 가물가물하다.

들꽃

사랑을 못 받고 자란 들꽃
다소곳이 앉아서
오가는 사람들을 늘 우러러본다.

간혹
고개 숙여 인사하며 지나가는 그들과
마주치는 순간
향기를 품어 듬뿍 안겨준다

들꽃의 유일한 기쁨일 거다.

쉼터가 개장되는 날

지난겨울 칼바람 추위도
고목(古木)답게 입 꾹 다물고 버티던 느티나무가
햇살의 성화에 서서히 기지개 켜고
땅을 헤집고 나온 노란 새싹들은
눈이 부신 듯 실눈 뜨고 배시시 웃는다.

봄볕은 약속이나 한 듯
꽃샘추위를 달래 멀리 보내 놓고는
따사롭고 화사한 날씨로
넌지시 우리 곁으로 다가왔다.

소복이 모여 앉은 아이들
꼬리 흔드는 누렁이와 한 식구 되어
소꿉장난에 정신이 없다.
할머니들 쉼터에 앉아
묵은 추위 떨어내며 도란도란 이야기 나누는데
철이 할머니는 잠이 펑펑 쏟아지시는 모양이다
텃밭 일구던 앞집 동이 아빠
꿀꺽꿀꺽 주전자 채로 물을 마신다.

마을 쉼터는 이렇게 문을 연다.

인생 실습

해야 하나 말아야 하나
갈까 말까
순간의 선택이 일생을 좌우한다는 데,
찬밥 더운밥 가릴 수는 없지. 지금 형편에,
돈벌이 되면 이것저것 다 해봐야지
개처럼 벌어 정승처럼 쓰라 했는데,
쓸데없는 모험일랑 욕심일랑 접고
안전 모드로 가는 것도 좋겠지
2보 전진을 위해 1보 후퇴를 하면서,

어찌 됐든 간에 대박이나 한번 터졌으면 좋겠다.
그 황홀한 기분으로 옆집 사람들한테 인심 좀 쓰게,

아! 인생살이 참으로 어렵구나
주위 눈치도 봐야 하고
시치미도 떼야 하고
옆 사람 코치도 받아야 하고
자존심도 지켜야 하고,

내일은 오랜만에 친구들 불러 모아
인생 실습이나 실컷 논해 봐야겠다.

산행

꼬불꼬불 등산로를
뚜벅뚜벅 오른다.
설치된 로프를 타며 조심조심 오른다.

땀을 뻘뻘 흘리고 가쁜 숨 몰아쉬며
마침내 백운대 정상에 올랐다.
기꺼이 산을 타고 앉아
심호흡하면서 열기를 쓸어내니
묵은 체가 내려가듯 후련하다
몸도 마음도 커지고 부러울 게 없다.

저 멀리
쉴 새 없이 꿈틀대는 삶에서
에너지를 재충전한다

산행(山行)의 참 맛이다.

잔영(殘影)

생각하면 할수록 눈덩이처럼 불어나
가슴 쿵쿵 뛰는 그리움 하나
마음속에 묻혀 있었네.

별들이 우수수 창가에 떨어지고
달님도 지니다 기웃대는 날이면
사춘기 소년처럼 뒤적이면서
날밤을 새우곤 했는데,

애지중지(愛之重之) 간직한
내 안의 그 그리움도 세월을 타고
점점 희미해져 가네.

아마도 끝내는,
잔설(殘雪)이 슬며시 사라져 가듯
세월 따라
그렇게 떠나려나 보다, 내 마음도

봄을 타는 날 아침

창틈으로 스며드는 바람이
냉기를 잃은 지 퍽 오래다

찌든 겨울을 털어내려고 옷장 문을 열어
괜찮다 싶은 봄옷들을 걸쳐보았는데
야속하게도 거울은
내 맘은 안중에도 없는지
알아줄 기색이 전혀 보이질 않는다.

고집을 부려보지만
정직한 거울 앞에서 별수 없이,
맘속에 남아있는 젊음의 축척 물들을
남김없이 토해내고
움켜잡았던 세월의 끄나풀도 슬그머니 놓으면서
민낯의 나를 보았다

현관문을 나서며 내딛는 발걸음이
가볍다.

봄을 타다 : 봄기운 때문에 마음을 안정하지 못하여 기분이 들다.

수돗물 소리

집에 들어오자마자
욕실로 들어가 수도꼭지를 마음껏 틀었다
쏴- 하고 쏟아지는 거센 물줄기

가슴을 쓸어내며 목을 터주는 물줄기다
아무도 없는 곳에서
큰소리라도 쳐보고 싶었던 충동을
토해 내 주는 소리다.

이따금
주방에서 냅다 쏟아지는 그 물소리도
이유 있는 소리였음을 알았다.

늘 씻어주는 희생의 본업(本業) 말고도
현대병(現代病)을 해소해주는
그런 술(術)이 있다는 것을,

슬그머니 수돗물을 잠그면서
다시금 희망의 끈을 잡아본다.

5월 봄비

빗 맛에
제 길을 잃고 방황하던 초목들은
푸름도 더하고 싱싱하다
꽃잎은 뭇매를 맞고는
견디다 못해
땅바닥에 떨어져 널브러져 있다.

아마도 5월 봄비는
우산 장수와 짚신장수 두 아들을 둔
어미 마음과 진배없으리라

지금도
창문을 스치며 내리는 봄비
내 맘속에도 내리고 있다.

되찾고 싶은 날

사랑을 잃었다
알량한 자존심마저 잃었다
소박한 저녁 식사시간까지 앗아갔다

봉투를 두 손에 꼭 쥐여 주면
소녀처럼 기뻐하며 사랑을 물씬 풍기다가는
식탁에 앉아
가계부를 뒤적이며 시간 가는 줄도 모르던 아내

희망을 엮어주고
어려움도 다 삭여주던
우리 집 가정의 날
그날의 구수한 된장찌개에 소주 한 잔이
오늘따라 은근히 생각난다.

그날을 되찾고 싶다
그 시절로 돌아가고 싶다

차 한 잔

창가에 앉아 마시는 차 한 잔
마음까지도 따뜻하다

달빛이 한 움큼 떨어져 더욱 상큼하다
스르르 눈을 감고는
옛날을 당기며 향기를 마신다.

내일을 만나며
조금조금 씩 마신다.

그윽한 향기의 소진이
아깝다.
안타깝다.

할머니 마음

이 할미가 어서 가야
우리 건희가 심부름도 안 하고 편할 텐데,
왜 이리도 명(命)이 길담
할머니가 가끔 하시는 말씀이다

할머니! 이거 먹어 이거 마시면 죽는데.
이 할미가 죽으면 좋으니 이 녀석아
빨리 죽으란 말이냐 이놈아
버럭 화를 내시면서
손자가 건네준 유리컵을 옆으로 확 밀어 놓으신다.

할머니, 이거 주스야 주스
목마르다고 했잖아요.
이제 이 할미를 놀리는구나! 요놈이,
겸연쩍게 웃으시며 손자를 끌어 옆에 바짝 앉히고는
머리를 쓰다듬어 주신다.

할머니는
거짓말쟁이야 거짓말쟁이잖아
그래,
언제 커서 이 할미 마음을 알꼬?!
우리 건희가

칼바람

원망과 분노와 실망을
술로 대적하면서
걸러지지 않은 말을 뇌까리며
시시덕거리고
흥얼거려보았지만
가슴을 헤집고 달려드는 차가운 바람을
막아낼 수 없었다.

척 척 쳐내는 도로변 은행나무 가지처럼
아무렇게 내동댕이쳐져
밟히고 치이고 - -

훈풍 부는 화사한 봄날은 언제 오려나.
어서 왔으면 좋겠다.

망부석(望婦石)

지난 세월 힘겹게 살아온 흔적들이
여기저기 새겨져 있다
데면데면 대해 주어 식상(食傷)이었을 텐데도
늘 비바람 막아주며
내색 하나 하지 않았던 당신
지금 내게,
온몸에 피멍이 드는
따가운 회초리의 아픔으로 다가온다.

오랜만에 손잡으며 어깨 기대고 앉아
조용히 들려오는 따뜻한 숨소리에 취해본다.
이제부터는
내 삶으로 당신의 삶을
꼭꼭 채워주면서
늘 고운 웃음만을 달고 살게 하고 싶다.

아늑하고 넉넉해 보이는 지금 그 모습이
오래오래 변치 않기를 바라면서,
그냥 주저앉은 채로 망부석(望婦石)이 되고 싶다
가는 세월을 잡아놓고서,

사랑의 풍속도(風俗圖)

뒷집 뽀삐와 옆집 막내가
엄마 손 잡고 마을 공원에 산책 나왔다
벤치에 앉아 서로 마주 보며
정답게 담소를 나누고 있는데

애들은 벌써 눈이 맞았는지
한눈에 반했는지
잡은 손 놓으라고 난리다
사랑 표시까지 하려 든다.

엄마들은
민망스러운지 참다못해 자리에서 일어나
저쪽 이쪽으로 서로 손 흔들며 돌아서 간다.

우리 세대(世代) 간에도
줄다리기가
팽팽해 진지 이미 오래다,

열병(熱病)

달님이 창가에 머물고
지나던 바람이
조용조용 창문을 흔들면
어느새 난, 가슴앓이한다.

그저 남들도 하는 이별이거니 했었는데
그 알량한 자존심이 가슴 한쪽에
이렇게 큰 대못을 칠 줄이야

꾹 박힌 대못을 흔들어대면서
긴 긴 밤과 씨름을 한다.

사랑과 이별, 그리고
그리움은
열병을 도지게 하는
DNA인가 보다.

밤의 찬가

일상(日常)을 뜨겁게 달구던 태양도
힘에 겨운 듯
서산을 겨우겨우 기어올라 미끄러지듯 사라지자
잔잔한 물결처럼 밀려온 어둠은
높고 낮음 없이 곳곳을 꼭꼭 채워
칠흑 같은 밤을 이뤘다

하루를 걸러 만든 술잔이 오고 가서 즐겁고
핑크빛으로 곱게 물들어가는 사랑이 있어 좋다
한 지붕 밑에서 어우러진 가족들의 모습이 또한 정겹다

더하여, 밤은
낮 동안의 여흔(餘痕)들을
어머니 품처럼 포근히 감싸고는
소박한 꿈으로 다시 피어나도록, 다독이면서
서로 용서하고 화해시키며 정제(精製)한다.
내가 밤을 좋아하는 이유다

자시(子時)가 훨씬 지났는데도
밤은 여전히 분주하다.

제목 : 밤의 찬가
시낭송 : 김지원
스마트폰으로 QR 코드를 스캔하면
시낭송을 감상할 수 있습니다.

호감(好感)

이른 아침 전철에 오르자
예나 다름없이
몇몇 사람들은 잠에 취해 있고
대다수 사람은 핸드폰에
눈도 귀도 손도 바쁘다

그런데 한 여인.
어제와 같은 자리에 다소곳이 앉아
역시 책을 보고 있다
유난히 눈에 띈다.
그 모습이 좋다. 아름답다

옷매무새도 얌전한데
목에 걸친 연분홍 머플러도 인상적이다.
이목구비가 반듯하고 새하얀 피부

눈길이 간다. 자꾸

뜨거운 정사(情事)

잡는 손을 몇 번이나 뿌리쳐도
막무가내 집안으로 밀고 들어오더니
내 온몸을 숨 막히도록 뜨겁게 포옹한다.

선풍기도 모자라 에어컨을 켜고 벌린
너와의 정사
도가니 같은 열기 속에서
클라이맥스는커녕
고통의 신음만을 간간이 토하게 하고는
밤새도록 귀찮게 채근하더니만
새벽녘에 슬그머니 자취를 감췄다.

하룻밤 풋사랑에도 정이 든다는 데
몇 날밤 잠을 설치며
한 몸 되어 엎치락뒤치락했으니
어찌 정이 안 들었겠느냐만,

그래도 난, 너 떠나고 나면
그 미련 떨쳐 버리려
영혼까지 황홀하고 몽롱해지는
그런 사랑
뜨거운 사랑 한번 해 보련다.

임 생각

하루해를 바삐 쪼개 쓰고도
졸음에 지쳐있는 호롱불 밑에서
바늘 끝이 새벽을 찌르는 긴긴밤을
사랑으로 곱게 수놓으시곤 하셨지요.

그날이 그날이고
갠 날보다는 흐린 날이 많았을 텐데
그래도
올곧게 자라가는 어린나무들을 보면서
대청마루에 웃음 소복이 매달아 놓으며
늘어가는 검버섯도 잊으시고는
노상 제 곁에서
삶이 무엇인지를 깨닫게 해 주시고
바람막이가 되어주셨지요

일궈 놓으신 텃밭에선
푸성귀들이 저만큼이나
그 손길을 무척이나 기다리고 있네요,
어머니

당신이라 불러도 될까요

엄동설한 칼바람도 이겨내고
두리번거리며 조심스럽게 얼굴 내민
노란 새순처럼 살아온 허구한 세월

허한 가슴을 따사로운 정으로
차곡차곡 채워주고
시리던 손발도 스르르 녹여주던 여인이여
한 발자국씩 한 발자국씩 다가선 우리
두 손 뻗으면 닿을 만큼
아주 가까이에 마주 섰습니다.

이제 당신이라 불러도 될까요
가슴에 폭 안아주고 싶은 그대여
늘 곁에 두고 싶은 그대여
내 가슴의 빗장도 내려놓고 싶습니다.
이재,

망설이는 친구에게 용기를 주기 위해 띄우는 글

산다는 것

살기 위해 먹는 것인지
먹기 위해 사는 것인지--

젊은이들은 먹기 위해 살고
노인들은 살기 위해 먹는다지만,

그때그때,
사람마다 다르리라

산행으로 허기진 나는
하산(下山)하자마자 순댓국집을 찾았다.

간극(間隙)

며칠을 밤잠 못 이루며 뒹굴어대던
뜨거운 정사(情事)가 쓸고 간 한낮

매미의 쉰 목소리가 덩그러니 걸려있는
뒷마당 느티나무 그늘을 비켜서서
멍석에 한가히 누운 채로
여름옷을 훨훨 벗어 던지는 콩 꼬투리며,
따가운 햇볕에 혼쭐이 났을 텐데
벌겋게 덴 몸뚱이를 바삐 추스르고 있는 고추들이며
고추잠자리 한 마리 아랑곳하지 않고 보란 듯
바지랑대를 잡고는 광대 줄을 타고 곡예를 한다.

해가 기울자
어둠을 차근차근 채워가면서 급히
고요 속으로 점점 빠져들고 있다
초가을 밤으로,

그렇게 가다

원성(怨聲)이 쏘아댄
화살에 맞아 그러는가
산이며 들이며 곳곳에 심어놓은 정(情)을
그냥, 빼앗기고 가야만 하는
설움 때문인가

인내의 한계를 넘어서자
끝내
주르르 흐르는 눈물
뜨겁게 달궈 놓은 대지(大地)를 식히며
그 물에 절로 쓸려갔다

알알이 영근 가을이 툭 툭 떨어지면
그때
그리움으로 다시 온다며
그렇게 갔다.

겨울의 들때밑

치맛자락 당기며
보채는 여흔(餘痕)들을
밤새 주눅 들여 녹초로 만들어 놓고는
양탄자까지 깔아놓은 너는
누군가로부터 사주(使嗾)를 받은 모양이다.
지금쯤은 모여앉아 작당(作黨)하고
저마다
칼날을 번뜩이게 갈고 닦고 있을 테지

녀석들이 이 겨울
얼마나 고약한 심보를 터트리며
거들먹거리고 다닐까
벌써 몸도 마음도 움츠러든다.

어떻게 달래야 할지
이 궁리(窮理) 저 궁리 각색인데,
그래도
두 주먹 불끈 쥔 내 다짐에
저울추가 슬그머니 기운다.

들때밑 : 세력 있는 집의 오만하고 고약한 하인을 이르는 말

밀당(밀고 당기고)

잡았다 놓았다
밀고 당기고

예라,
제발 체통 좀 지켜라
덩치는 큰 것이
너는 그만 칭얼대고,
얻어맞기 전에,
과(過)가 너무 지나치면 차라리
부족함만 못하나니,

자리 펴 주었더니
세상 웃음거리 될까 조바심 난다.

아니,
믿음이 깨어지고
염려스럽기까지 하다. 다시

이를 어쩌나

달래도 안 되고
혼낸다는데도 아무 소용없다
주위에서 아우성치며 야단을 쳐도 막무가내고
누가 뭐라 해도 마이동풍(馬耳東風)이니
이를 어쩌나

제 발등에 떨어진 불은
먼 산에 걸린 달 보듯 하면서
가당치도 않게 힘자랑한다고
쓸데없는 자존심만 내세우니
이를 어쩌나

죽기를 작정하고
고양이한테라도 달려들 심사인지
아니면, 정말
내 가슴에 마구 쏘아대려는 것인지
이를 어쩌나

아직도 맺힌 응어리가 풀리지도 않고 있는데
그 위에 대못을 치고 있으니,
우리 사이 점점 벌어져
하나 되는 꿈 요원해지는데
이를 어쩌나

아침이슬 머금고
연자줏빛 옷으로 곱게 단장한 무궁화 꽃
그 향기
널리 널리 퍼져가기를 바라며
조용히 고개 숙인다.

산정호수

아직도
심신의 피로가 가시지 않고
여기저기 난 생채기가 채 아물지도 않았는데
다시금
가을을 따겠다고 달려온 사람들을
아무런 내색도 하지 않고 반기는 너는
집 나갔다 온 탕아를 맞는 어머니 마음이다

파랗게 물든 하늘 한 조각이
사뿐히 내려앉은 네 안에
명성산이며 망봉산 망무봉을 고스란히,
게다가
새소리 물소리 바람 소리까지도 살포시 품고 있구나.

그러기에, 오가는 발걸음들을
남김없이 모두 긁어모으나 보다

네 마음
한 아름 잔뜩 안고 돌아서면서도
발자국마다
두루두루 그 아쉬움을 심는다.

제목 : 산정호수
시낭송 : 박태임
스마트폰으로 QR 코드를 스캔하면
시낭송을 감상할 수 있습니다.

아름다운 유혹

마을 앞 길가
곱게 핀 늦둥이 들국화 곁으로
살며시 다가서는
가을이 물씬 풍기는 여인
한참을 속삭이며 긴 입맞춤 하다가
연분홍 머플러와 코스모스가
너울너울 함께 춤추며 간다.

은은한 향기에 취해 놓은 채
내 눈길 끊지 못하고 가는 여인아
똑똑 구둣발 소리 아주 멀어졌는데도
내 맘을 그냥 가져가는 여인아
가을의 아쉬움으로
꼭꼭 채워주고 가는 여인아

아 –
어쩌라는 것인가
여인아

제목 : 아름다운 유혹
시낭송 : 최명자
스마트폰으로 QR 코드를 스캔하면
시낭송을 감상할 수 있습니다.

단풍처럼

한때는
청춘이요 희망이요 아름다움의 상징으로
아가페적 사랑만을 했는데
간밤 비바람에
가을 끝자락에 드문드문 붙어있던 잎사귀들까지도
"낙엽"이란 이름으로 개명(改名)하고
저마다 제 갈 길을 찾아 나선다.

영원한 것은 없나보다

단풍도 한 시절을 풍미하고는
세월에 쓸려, 이렇게
허무하게 가고 있으니 말이다

우리 인생도,
이러하지 아니할까
슬며시 옛날을 당겨본다.

12월에는

지난날들을 체질하며
뒤돌아보았네.

원망과 미움은
내 탓이기에
먼저 용서를 구하고

즐거움과 행복은
더불어 얻은 것이라
고마움 전하면서 서로 나눠 가지며

언제나
낮은 자세로 열심히 살자고
마음속 깊숙이 새겨두었다네

새해 오면
넌지시 꺼내 주려고,

겨울소리

멀쩡한 사람을
자라목에 곱사등이로 만들고
코까지 발갛게 달구어 놓더니
그것도 모자라
온몸을 매섭게 휘감아 놓고는
휘우듬한 채로 총총걸음 하면서
연신 "호 호"소리를 내게 한다.

그리고도
제 성미(性味)를 이기지 못해
나목들을 세차게 마구 흔들어 대면서
삭이지 못한 분(憤)을 연신 토해낸다.
참지 못한 연약한 가지가 그만,
윙윙 소리 내며 운다.

여지없이 찾아온
훌쩍훌쩍, 콜록콜록 언짢은 소리
방안에 머문다.

나의 코디네이터

난, 이른 아침이나
외출할 때면 으레
커튼을 슬며시 열어젖히고는
앞마당 가에 서 있는 수양 버드나무를
세세하게 바라보곤 한다.

기쁨에 겨워 훨훨 춤을 추기도 하고
비바람이 힘겨워 몸부림칠 때도 있다.
때로는,
더위 먹어 온몸이 축 처지기도 하고
찬바람을 참다못해 그만 슬피 우는 날도 있다.

오늘은
두툼한 옷과 털목도리가 제격인 날이다

차라리 내게

인연이란 무엇이란 밀인가
정은 무엇이며
그리움 또한 무엇인가
전혀 없는 듯 버릴 수는 없을까
고래 심줄만큼이나 질기고
진드기처럼 악착같은 이것들을,

차라리 내게
작은 손도끼 하나 있었으면 좋겠다.
끊어야 할 때
버리고 싶을 때
뚝 뚝 잘라낼 수 있는,

단 한 번의 눈물로 족하게

그런
예쁜 손도끼 하나
늘 맘속에 있었으면 좋겠다.

행주산성(幸州山城) 해돋이

피곤한 기색도 없이 달려와
짙은 구름 사이사이로 펼치는 붉은빛이
빈틈없이 골고루 내려앉자
저마다
이런저런 청구서로 알현(謁見)한다

지금은 찌든 때를 거둬 내고
새 옷을 갈아입는 순간이다
미움도 원망도 없다
그저, 모두가 평온하고 온순한 양일뿐이다

지금, 이 순간이 한 달이 되고
이 한 달이 다달이 되어
일 년으로 꼭꼭 채워져서
이 해 끝자락에선
겸손하고 알뜰한 결산서를 받고서
내년에도 오늘처럼
이 자리에 다시 모여
함께 하기를 간절히 소원한다.

2017년, 정유(丁酉)년 원단(元旦)에

69

정유(丁酉)년 세모(歲暮)에

발 디딜 틈도 없다
누워있던 생선들이 나 뒹굴고
떡 방앗간 장사진(長蛇陣)을 이룬 행렬은
추위마저 스르르 녹인다.
산지(産地)에서 왔다는 버섯이
날개 돋인 듯 팔려나가고
과일가게 앞도 북새통이다
허연 춤사위에 구수한 냄새는
지나는 발걸음을 안달 나게 하다
이 소리 저 소리가 엮여 몇 겹으로 울타리를 쳤는데도
엄마 손 잡은 꼬마 눈망울은 더욱더 바쁘기만 하다

해가 넌지시 기울자
빼곡하던 차들이 하나둘 빠져나가면서
시장 안도 점점 썰렁해진다.
터질 듯 욕심 가득한 보따리는
용케도 똬리 타고 너울너울 춤추며 가고
흥얼대며 비닐봉지 하나 흔들며 가는 할아버지 기분은
긴 그림자만큼이나 늘어졌다

떨이라고 외치며
막 손님을 기다리는 몇몇 할머니
누런 쾌쾌한 지갑이 치부까지 드러냈는데도
손놀림은 약속이나 한 듯 무척이나 둔하다
잡아본 손은
너무 차가워 내 마음은 찡한데
그래도 목도리 너머엔 정겨운 웃음이 숨어 있다

모두가 근심 걱정 털어내고
나누며 베풀면서
행복이 가득하고 희망이 넘치는
따뜻한 명절이 되기를
기원해 본다.

짝짝이 인생인가

한쪽은 태극기 휘날리고
한쪽은 촛불을 들고,
이 길이라면 저 길이고
저것이라면 이것이다
달력에 그려진 메뉴도 제 짝이 드물다
철로처럼 평행선을 걷다가는
스치고 만나고 부딪친다.

그런데도 우린,
자주 마주 앉아
검붉은 자줏빛 글라스를 부딪치곤 한다.
고운 빛이 사뿐히 내려앉아 감칠맛을 더하자
안달하는 속마음을 아낌없이 드러낸다.
그 시간은 날개도 달지 않았는데
왜 그렇게도 짧은지 --

전기스탠드에서 새어 나오는 불빛에
기대앉은 모습이
무척이나 아름다운 날이다
우리 부부는 이렇게 살아간다.

무상(無常)

푸름을 한껏 뽐내며
하늘 높은 줄 모르고 세상 넓은 줄 모르던
대로변 가로수
간밤에 실컷 물매를 맞아
온몸이 만신창이가 되었다

구름 사이로 햇살이 쏟아지는데도
아직도 식은땀을 주르르 흘린다.

사람들이 애써 눈길을 피하며 지난다.

아! 무상(無常)도 하여라.

첫 잔

즐거울 때나 괴로울 때나
종종 술을 마신다.
때론 친구들과
어느 때는 서로서로 두루 어울려 술을 마신다.

처음 한두 잔은
중학교 때 처음 경험했던 그 맛이다.
그 탓에
나이가 들면서 자위(自慰)로 자리매김하여
술잔과 가끔 마주한다.

오늘은 오랜만에
30년 지기 친구와
우정을 술잔에 따라가며 마셨다
부딪치며 마신 첫 잔
목을 타고 넘어가는 순간
묘한 기분에
짜릿한 맛 바로 그 맛이었다, 중학교 때 경험한,

겨울을 안고 간 여인

호롱불이 근근이 어둠을 지키고
바늘이 새벽을 깨우던 수없이 많았던 날들
그리움을 실타래처럼 엮고 또 엮어서
남몰래 대문 빗장에 걸어 놓고
작은 바람 소리에도 가슴 두근거리셨지요.
찬 이슬이 내리는 꼭두새벽이면
장독대 위에 정(淨)한 수(水) 한 사발 떠 놓고는
새하얀 눈처럼 소복(素服)하고
삼백예순 날 꼬박 두 손을 모으던 당신

늘 손발이 시리고
온몸이 차갑게 얼었던
그런 세월을 마다치 않고 사셨는데
고대하던 봄은 끝내
찾아오지 않았습니다.

봄을 만나
꼭 한 번만이라도
다시 오실 수는 없을까요

언제나처럼
대문 빗장은 당신이 채워야 하니까요

불청객

매년, 거르지도 않고
희망을 잔뜩 안고
머나먼 길 마다치 않고 달려오더니
언제부터인가
불청객으로 찾아 든다.

여기저기 보기 싫게 마구 손장난을 하더니
점점 하얗게 상고대도 만들어 놓고는,
게다가
거북 등이다 싶었는데
아예 곱사등이로 만들려는 심사다

무슨 기이한 운명이기에
싫다고 밀어내도
기어이 내 안에 똬리를 틀고 앉아
점점 더 위세를 부리는지---

그런데도 난, 결국 올해도
내키지 않는 떡국 한 그릇에
하는 수 없이
협상을 하고야 말았다

제목 : 불청객
시낭송 : 박순애
스마트폰으로 QR 코드를 스캔하면
시낭송을 감상할 수 있습니다.

이월 봄비

묵은 때를 씻은
나무 가지가지마다
수줍은 엷은 미소 송골송골 매쳤다.

殘雪(잔설)이 슬그머니 사라지고
햇살이 옹기종기 모여 있는 곳엔
새싹들의 옹알이가 새어 나온다.

추녀 밑에선
누렁이가 두리번거리며
봄맛을 다신다.

성큼성큼 다가오는
개구리의 긴 하품과 기지개 켜는 소리

양수로 내린 이월비
두꺼운 껍질을 벗겼다.

代打(대타)작전

전철에 올랐다
모처럼 빈자리가 손짓해 재빨리 앉았다
궁둥이를 반쯤 걸치고서,

옆집 사람들이
이미 내 자리 상당 부분을 점령해 있었다.
失地 회복을 위해 우선 큰기침을 하고서
엉덩이를 조금 창 쪽으로 밀어 넣어보았지만
신통치 않다
다시 창 쪽으로 몸을 젖히려 해도 전혀 소득이 없다

팔짱을 끼고 눈을 지그시 감고 있는 옆집 두 사람
자지도 않으면서
내 용쓰는 모습을 곁눈질하는 것만 같아
마음 한구석에선 대적(對敵)하고 푼 마음이 굴뚝같았지만
다른 사람들의 시선이 두려워
기권 패해야겠다. 생각하고 엉거주춤 앉아있는데
우람하신 할아버지
지팡이를 짚고 내 옆으로 다가오신다.
얼른 일어나 자리를 양보해 드렸다

고맙다 하시면서
그 노인 역시 헛기침을 하며 엉덩이를 밀어 넣으신다.
두어 번 시도하시다
지팡이로 옆 사람 다리를 툭툭 치신다.
오만상을 찡그리고 실눈을 뜨는
마지못해 자세를 고쳐 앉는다.
할아버지는 궁둥이를 창 쪽으로 쭉 밀어 넣으시며
잃은 영토를 회복하고 더욱 확장해 앉으셨다
우람한 체격이 빛나는 순간이었다.

그 옆집 사람들 잔뜩 찌푸린 얼굴 그대로
궁둥이를 2/3쯤 걸친 채
쪼그려 앉아 가고 있었다.

승리로 해야 할 것인지
무승부로 해야 할 것인지
결정을 유보한 채 전철을 내려 사무실로 향했다.

봄바람이여

언제부터인가
웃음도 말수도 적어졌고
발걸음도 뜸하던 옆집 아주머니

시집간 딸이며 손주 이야기를 하면
입을 삐쭉거리며 토라져 슬그머니 자리를 뜨곤 했는데
어느 하루는
큰 날개 저으며 성큼성큼 다가와
집사람 옆에 바짝 다가앉더니, 안달을 못 이기는 듯
자기 딸도 시집가려는 눈치라고
자랑스레 말한다.

자주 보이더니만,
따스한 봄바람이
얼어붙은 덕이 가슴을 사르르 녹였는지,

봄바람이여,
이 봄이 다 가기 전에
호기(豪氣)롭던 아주머니 웃음을 되찾도록
과년한 처녀, 총각 가슴에 설렘으로 스며들어
따뜻한 사랑의 불을 지펴주오
봄바람이여,

목욕탕

들어서는 순간 만은
아마도, 자신도 모를
아기, 그때로
더러는,
모태(母胎)로
돌아가고 싶은 본능일지도 모른다.
누구나 원초적 모습이다

일상을 모두 잊은 채로
뜨거운 탕 속에서
눈을 감고 호흡을 가다듬는 것은
심신을 채질하며 수양하는 것이요
쏴 하고 쏟아지는 물줄기는
외면의 가식을 벗고 닦는 소리일 거다

높고 낮음도, 있고 없음도
뜨거운 열기 속에 용해되어
너울너울 돌고 돌다 흩어진다.

대중탕을 자주 찾는 이유다

공상(空想)

아무 쓸모 없다고 홀대하며
내동댕이쳤었는데
어느 날 알게 모르게
보란 듯 우리 곁으로 다가오곤 한다.
내게도 가끔
빈 시각을 촘촘히 채워준다.

대추나무에 연 걸리듯
여기저기 매달아 놓아보자
혹 3차원을 넘어
4차원의 세계를 선도하는
발상(發想)일지도 모를 일이다

"은하철도 구구구"
옛날 어린이들 프로그램의 노랫소리가
지금, 기대와 설렘 속에
넓은 공간을 넘나들며 성큼 다가와 있으니 말이다
우리 곁으로,

사랑은

사랑은 원래 색깔이 없다
맛도 냄새도 없고
크기도 무게도 없다

아마도 존재한다면
쉽게 짜증 나고 싫증 나서
타박하기에 십상일 거다

그래서 사랑은
분홍색이든 상큼한 맛이든
크든 작든,
아름다운 모양으로
사랑하는 사람과 더불어 만들어진다.

나들잇길
노부부 머리 위에 핀 새하얀 사랑 꽃 하나
나풀나풀 곱게도 피었네.

6월은

반세기가 훨씬 지났는데도
깊게 팬 허리의 상처가
아직도 큰 흔적으로 남아
그때의 아픔을 그려내고 있다

계곡이며 능선에서 길 잃은 영혼들의 신음을
없는 듯 감싸 안고
오늘도 북녘땅을 바라보고 있는 백암산
하나 되는 날을 학수고대(鶴首苦待)하면서, 그날이 오면
품고 있는 응어리진 각가지 사연들을
여과 없이 토해내고 싶음일까
넘나들며 오가는 새들이 떨어뜨리는 사연도 모르는 척
오늘도 입 꾹 다물고 정중히 좌정(坐定)하고 있다. 백암산은

어두움이 서서히 밀려와
계곡을 차곡차곡 채우고 나면
귓전을 스치던 바람도 숨을 죽이고
밤은 점점 깊은 늪으로 빠져들 텐데
그래도 초병의 눈빛은 여전히 번득이고 있으리라
조용히 옷깃을 여미고
두 손을 모으고 싶은 6월이다

제목 : 6월은
시낭송 : 박영애

스마트폰으로 QR 코드를 스캔하면
시낭송을 감상할 수 있습니다.

보훈의 달을 맞아 청춘을
불태웠던 백암산을 생각하면서

겨울 비

나무에도
대지 위에도
양수(羊水)로 촉촉이 내렸다

개구쟁이 손주들 물장난 만드는 비
할머니 추위를 쓸어내리는 비
할아버지 마음속으로 스며드는 비

저 멀리서 기지개 켜고 있는 봄을
넌지시 부르는 손짓

징검다리 놓았다

휘파람

휘파람 불면
대문 옆 쪽문을 슬그머니 열고는
종종걸음으로 다가와 내 손을 꼭 잡아주던 그대여
별 중의 별 하나 따서
내 가슴에 곱게 달아주던 그대여
마음속에 철석같이 붙어있는 그 별에 노예가 되어
불현듯 달려가 보았지만, 그곳엔
옛날은 간곳없고 흐르는 시간만이 촘촘하다

사랑이 소복이 쌓였던 옆 산 중턱의 둥근 바위는
기다리다 지쳐 그만, 풀덤불에 갇힌 채
설움을 삼키며 쪼그려 앉아 있었다.

바람에 실려 보낸 휘파람 소리가
행여 당신 귓전을 맴돌거든
한 번만이라도 꼭 한 번만이라도
옛날을 당길 수는 없을까요? 이곳으로

오늘도 그 자리에 앉아
빤짝이는 별 하나 붙잡고는
수없이 휘파람을 불었다.

사노라면

사노라면
이런 일 저런 일
궂은 날 갠 날은 으레 있게 마련인데

부부 연(緣)은 그대로 숨겨놓은 채
싫다고 서로 돌아서서 제 갈 길 가는 것은
일상을 일그러뜨리며 현실을 탈출하기 위한
쌍방의 무죄 선언일 뿐이다

지난날들을 생각하며
나누고 보태가면서
두 손 꼭 잡고 함께 하는 여정(旅程)
아름답지 아니한가. 친구야

무얼 더 얻겠다고
황혼 길에
먹칠을 해 가며 대못을 치려 하는가!
다시 한번 온 길을 조심스레 당겨 보게나,

월척도 꽤 있지 않은가, 이 사람아

제목 : 사노라면
시낭송 : 박태임

스마트폰으로 QR 코드를 스캔하면
시낭송을 감상할 수 있습니다.

졸혼(卒婚)을 하려는 친구에게 띄우는 글

나태(懶怠)

일상이 무뎌져서인가
세월이 너무 앞서가서인가
온몸이 수양버들처럼 축 늘어져 흐느적거리고
생각조차도 흐려져
아예
고장 난 인간이 되어 버렸는데. 게다가
깊은 오수(午睡)가 한 수 더 뜬다.

망가질 대로 망가져 보라는 것인가
그래, 차라리
깊은 늪으로 빠져들어 허우적거려보자
그리고는
애써 그곳을 벗어나면
오히려
에너지가 재충전되고
마음까지도 개운해져서
많은 일이 feedback 될 수도 있지 않을까.

가끔 찾아오는 불청객이다

비 오는 어느 날

빗방울이 유리창에
매화 꽃망울을 탁 터뜨리고
국화꽃 몇 송이를
탐스럽게 그리다가는 이내 지워버린다.
창밖 파란 잎사귀에는
빗방울이 도르르 굴리고 있다.

찻잔 속에
지난날들이 찾아 든다
실버들 냇가
송사리 메뚜기와 숨바꼭질하던 동무들
먼 옛날 우산 속 풋내기 사랑이며
고향 집 반질반질 윤이 나던 대청마루
빙그레 인자한 모습으로 다가서는 임
모두가 추억의 끈으로 묶여 꼭 잡게 한다.

수채화들이 수없이 미끄러져 내리는 창가에 앉아
차 향기 마셔 가면서
가까이 마주하고 싶다

두루두루 만나고 싶은 오늘이다.

고독(孤獨)

없는듯하면서도 있는데
힐긋 바라봄이
질시(疾視)의 화살로 가슴에 와 꽂힌다.
바람과 구름의 무리도
휘영청 밝은 달도
늘 나를 흔들어 대는 바람에
몸도 마음도 으스스해진다.
이따금 머무는 새들의 웃음 조각이
그나마 마음을 달래준다.

육중한 바위 틈새를 갈라 목을 길게 세우며
비바람 엄동설한도 마다치 않고 지나온 긴 긴 삶에
갈증(渴症)의 해갈(解渴)은 언제며
푸름을 발산할 수 있는 그때는 언제 오려나

오늘도
뿌리 깊게 묻고
바위와 공생하면서
내일을 찾느라 몸부림친다.

딴 세상

굉음을 내 대면서
기를 쓰고 바닥을 치며 바다 위를 나르더니
어느새 창공으로 솟아오른다.

이 아름다운 흰 세상은 누가 꾸며 놓았을까
작은 꽃 큰 꽃 흰 꽃 – 장미 국화 수국 연꽃 각가지 꽃에
옅은 그림자까지,
저 멀리엔
만년설이 부서져 내리는 신비로움이 시선을 빼앗는데
억지로 끌려 한참을 지나니
토끼와 사슴이 뛰어놀고
새들이 둥지를 찾는 섬세하고 수려한 설경(雪景)에
그만 넋을 잃었다
정신을 가다듬고 눈을 떠 보니
잔설(殘雪)만이 홀로 남아 봄을 재촉하는 모양새다

얼마나 지났을까
저녁노을과 정답게 타협하면서
점점 검은 빛으로 물 들어간다.
휴식하며 고민(苦悶)하며 또 다른 세상을 준비하나 보다.
이 세상은,
어서, 긴 잠을 자고
또 다른 세상을 만나라 기별(奇別)한다.

검은 흔적

파란 하늘일랑 초목과는 늘 담을 쌓고
암흑 같은 세상에서 하루하루를 담보로
비지땀과 싸워야 했던 그 시절 장비 물자들이
지금은 찌들고 케케묵은 유물들이 되어
40여 년의 짧지도 않은 긴 세월을 타고
그때의 일상을 가감 없이 그려내고 있다
눈물로 얼룩진 단체협약서 종이 몇 조각에선
살아남기 위해 몸부림쳤던
그때의 피눈물 나는 함성들이 들려온다.

십여 년의 세월이 흐른 지금
호화로운 네온사인과 질주하는 차들은
그 시절 애환도 모르는 척 딴전을 피지만
수직갱 타워는 당시의 위용을 자랑하듯 하늘로 치솟아있고
"우리는 산업 전사 광부였다"라는 빛바랜 초상화 한 장이
희미해져 가는 사북탄광의 역사를
오늘도 외롭게 지켜가고 있다

강원 정선 사북탄광은 63년부터 석탄을 캐기 시작해서
2004년 10월 31일 국가정책에 의해 폐광되었다 함
지금은 석탄유물보존 관으로 이름을 바꿔 달고 관광객을 맞고 있음

채움의 미학

고운 물결로 서서히 밀려오더니
곳곳에 스며들며
점점 勢를 더해 간다.
언제까지이며 어디까지란 말인가

추락의 끝은
또 어디며 언제란 말인가
안팎이 바뀌어 가고
희비가 엇갈린 채 공존한다.

아예 생각조차 없이 충복이 되기도 하지만,

그러나 지금은,
채움에 고민하고
그 채움이 돋보이고 아름다워져야 한다.
이보다 더 확실한 투자가 어디 있겠는가.
국가에 대한 투자요 민족을 위한 투자다

더 늦기 전에
기근(饑饉)이 닥쳐오기 전에
내일을 바라보자,
젊은이들이여,

탈바꿈

매미 울음소리만
덩그러니 매달아 놓고 간 느티나무 가지가
살랑살랑 날갯짓하며 더위를 털어낸다.

낮 새도록
더위를 돌려가며 바람을 짜내던 선풍기도
저녁이 되자 슬그머니 긴 휴식에 든다.

여름의 끝자락을 붙잡고 있는 선선한 바람에
어느새
하늘은 저만치 달아나 있고
마음은 누런 들녘을 한 아름 안았다

가을의 기색이 역력하다.

껍데기 모정

조금 – 조금씩
천 – 천 – 이
세상 밖으로 얼굴 내밀더니
봄을 한 아름 안았다.

우아하고 화사한 모습에다
옅은 분홍색 속살까지 살짝 내 비추며
은은한 향기까지 품어내
오가는 사람들의 발길을 묶어놓다

비단 같이 보드랍던 몸매가
어느새
핏기없이 마르고 트면서 주름살로 변하더니
끝내는
낡고 퇴색된 몇 개의 피륙 조각이 되어
힘없이 땅으로 떨어지고 만다.
딸자식을 시집보내듯 5월에 맡기고서,

그래서 목련은 더욱 아름다워야 했나보다
그래서 꽃들은 아름다운가 보다

秋心 일편(一片)

봄부터 흘린 땀방울이
포기마다 깊숙이 배어있으리라

여름내 뙤약볕을 고스란히 받더니
은은한 금색으로 변했다

탐스럽게 여문 벼 이삭이
다소곳이 고개 숙인다

참삶을 본다.

동그라미

동그라미는
사랑이며 믿음입니다.
웃음이며 행복입니다.
그래서 난,
곳곳에 숨어있는 동그라미를 찾아
동그랗게 그립니다.

잔잔한 호수에 예쁜 고추잠자리 한 마리
물 마시고 달아나면
실 물결 동그랗게 널리 널리 퍼져가는 아름다움처럼
그렇게 퍼져가기를 바라면서
오늘도 동그라미를 찾습니다.
그리고는
또 동그랗게 그릴 겁니다.
자꾸자꾸 찾아 그릴 겁니다.

달려온 가을

가냘픈 연분홍 코스모스 한 그루
갓 시집온 새색시 수줍음을 잔뜩 안고
울타리에 다소곳이 기대서 있고
빨간 고추잠자리 한 마리
바지랑대 위에 걸터앉아 가쁜 숨을 몰아쉬고 있다
선선한 바람은 이 나무 저 나뭇가지를 전전하며
춤사위를 벌인다.

귀뚜라미 우는 휘영청 밝은 밤
허한 가슴들을 어떻게 달래주려고,
무엇으로 채워주려고 이토록 일찍 찾아왔는지

지네들은 가면 다시 오고 또 가고 오지만
인생은
한 번 가면 다시는 올 수 없거늘,

바람에
갈대가 서걱서걱 소리 내어 울어 대면
덩달아
몸도 마음도 서글퍼진다.

사랑의 전령(傳令)인가

잔잔한 호수 가에
서성이던 고추잠자리 한 마리
서서히 다가와 살짝 입맞춤하고
동그라미 그려놓고는 황급히 사라진다.

까까머리 학창시절
엄마 아빠 따라 서울로 이사 간다며
내 볼을 달궈놓고 불현듯 달아난
순영의 해 맑게 웃는 둥근 얼굴이
실 – 물결 타고 아른거린다.

고추잠자리를 사랑의 傳令으로 보냈나
그때도 고추잠자리가
주위를 맴돌고 있었지.

그날처럼
조용히 파도가 일더니
가슴이 콩콩 뛴다.

이 가을 소식이 날아오려나.

가을 남자

잡초만 무성하던 안마당에는
붉은 고추가 따사로운 햇살을 그러모으고
콩깍지는 뚝 뚝 옷을 벗어 던지며
탐스러운 속살을 드러낸다.

큼지막한 고구마를 치켜들고는
함박웃음 짓는 혁이 삼촌
허리춤에 꽂은 수건이며 빛 바란 모자며
더욱이
검게 탄 얼굴, 그 모습은
평생을 흙과 더불어 살아온 농부와 진배없다

주르르 흐르는 구슬 같은 땀방울들은
십수 년 살아온 회한(悔恨)의 눈물이요
마음을 다잡고 다시 찾은 삶에 대한
안도(安堵)와 희망의 눈물이리라

옆에선 정자나무도
춤사위를 벌이며 곱게 물들어가고 있다

한줄기 눈물

세월이 당신만큼은
비켜 갈 줄 알았습니다.

유리창 틈새로 쏟아져 내리는
달빛과 마주하면서
곤히 잠든 당신의 얼굴을 무심코 바라본 순간
그만 가슴이 뜨끔 했습니다.

늘 주기만 하고 보태기만 하며 살아온
지난날의 그 고단했던 삶의 흔적들
내 몸 한구석 작은 생채기만큼도
생각해 주지 않았던 내가
무엇을 탓하며 누굴 원망하리오.
내가 공범이요 주범인 것을,

살며시 잡아본 손은, 아직도 내게
이렇게 따뜻함을 주고 있는데,
깊이 잠들어 있으면서도

뚝 하고 떨어지는 한줄기 눈물, 눈물

제목 : 한줄기 눈물
시낭송 : 최명자
스마트폰으로 QR 코드를 스캔하면
시낭송을 감상할 수 있습니다.

오솔길 그 소리

가로등이 졸음에 잔뜩 취해있는데
어둠은 아직도 채 가시지 않고
밤새워 외로움과 티격태격하던 나무들은
온몸이 비지땀으로 흠뻑 젖어있다

청아한 목탁 소리
오솔길 따라 조용조용 흘러내린다.
"드르륵" 옆집 철이네 슈퍼 문 여는 소리에
남아 있던 어둠이 슬쩍 꼬리를 낮추자
오가는 발자국들은 아침을 재촉한다.

우리 동네는 늘 이렇게 하루를 열어간다.
오솔길 그 소리로,

시원한 약수 한 컵이
힘차게 하루를 시동(始動)한다.

엿 치기

숨죽이듯 조용하다
후! 하고 세게 불고는
서로 갔다 대어 본다.
엿장수 아저씨의 승리다
두 번, 세 번째도 역시 엿장수 아저씨의 승리였다
얼굴이 붉으락푸르락해진 동네 아저씨
아까운 표정으로 돈을 꺼내 슬그머니 내민다.
엿 몇 조각을 받아 한입에 넣고는
창피한 듯 얼른 돌아서 마을로 들어선다.

고물들을 주섬주섬 챙기는 엿장수 아저씨
아이들은 동네 모퉁이 언덕까지 영차영차 하며
열심히 손수레를 민다.
엿장수 아저씨는 엿치기했던 엿
반 토막씩을 아이들에게 인심을 쓴다.
창 창 가위소리 내며 언덕길을 내려가는 엿장수 아저씨

찌그러진 양은 냄비, 찢어진 고무신, 빈 병 받습니다.
엿 사시오. 엿!
들리는 듯 마는 듯 아주 아득한 추억이다

늦가을 바람

곱게 물든 단풍잎에
바람의 심술이 대롱대롱 걸려있다
인내의 한계를 끝내 넘지 못하고
떨어져 쌓이는 낙엽들은
남아있는 가을에 쓸쓸히 묻혀간다.

바람은
겨울의 첨병(尖兵)인지 들때밑인지,
오가는 사람들의 원성도 모르는 척하고
겨울을 저만치 불러다 놓고는
삭이지 못한 분(憤)을
점점 크게 불려가고 있다

벌써 몸도 마음도 으스스해져
옷깃을 여민다.
오는 겨울이 걱정이다.

들때밑 : 세력 있는 집의 오만하고 고약한 하인을 이르는 말.

여학생

머리핀을 예쁘게 꽂고
곱게 빗어 내린 단발머리에
감색 유니폼
허리가 잘록하게 들어간 상의와
무릎을 덮은 스커트를 단정히 입고
까만 구두, 운동화 신은,
풀을 빳빳하게 먹여 다린 하얀 카라에
불그레한 민낯

그리 멀지 않은 옛날, 우리 시절
중, 고 여학생들의
청순(淸純)한 모습이 아련히 다가와
아쉬움으로 그 시절을 분주히 당겨 본다.

자유에 과부하가 걸린 지금
공존하는 내 머릿속엔
푸른 신호등이 없다.

갈등(葛藤)

옛날, 아주 먼 옛날일 거다
2등이라면 서러워할
황소고집 두 녀석이 만났다

서로 움켜잡고는
한 놈은 시계 방향으로
다른 한 놈은 반 시계 방향으로
연신 돌며 휘어 감는다.
질세라 서로 용을 쓰다 보니
점점 풀릴 수 없게 꽁꽁 묶인다.

오늘도 할 수 없이
칡과 등나무는 계속 힘겨루기를 하고 있다.
참으로
기구(崎嶇)한 팔자요
얄궂은 운명이다. 칡덩굴과 등나무는

칡(葛 갈)과 등나무(藤 등나무)가 서로 얽히면 풀기 어렵다고 하여
갈등(葛藤)의 어원이 되었다는 설이 있다.

겨울여자

초미니스커트에 롱부츠를 신고
두툼하고 폭신해 보이는 반코트를 입은 여자
빨간 털모자는
앙증맞게 선글라스를 걸쳐 쓰고는
갸우뚱한 채로
머리 위에 사뿐히 앉아 가고 있다

젊음이 연출한 한껏 뽐낸 멋,
그 아름다움에
차가운 바람과 추운 날씨도
여지없이 주눅이 들었다

대롱대롱 모자 방울과
살랑거리는 목도리 리듬을 타며
가로수 밑을
똑 – 똑 소리 내며 걷고 있는 그녀
겨울 향기를 연신 품어낸다.
향기는 결코
계절을 탓하지 않는다며,

심술궂은 날씨가 가슴 저린 날이다

가면극(假面劇)

조용히 흐르는 음악 위에
조명이 외줄 쌍 줄을 타며 현란하게 서커스를 버린다.
잘 짜인 각본에 따라 연출하는 이들이
저마다 한껏 뽐낸 아름다움에
성원을 보내란다.
손뼉을 치란다.
장(場)안이 터질 듯하다

도가니 같은 열기가 가시자
서서히 가면이 벗겨지면서
무대는 썰렁해지고 허무함으로 채워진다.

쏟아냈던
그 함성과
우뢰와 같은 박수갈채는 어찌하라고,

주최 측에 회초리를 들고 싶은 날이다

함정(陷穽)

그럴듯하게 包裝하고는
주위를 배회하며
뱀처럼 긴 혀를 날름거린다.

自慢과 安住에 익숙하고
정신적 육체적으로 나약(懦弱)해져서
줏대 없이 흔들거리면
여지없이 달려들어 낚아채고는
슬픔과 고통
한숨과 후회로 뒤범벅 시킨다.

어쩌면, 가끔은
자기가 파놓고
스스로 빠져드는 것은 아닌지
自問해 볼 일이다

겨울나기

춥다고 겨울을 내동댕이치고
문전박대할 일만은 아니다

동장군도 아랑곳하지 않고
손목 꼭 잡아 코트 주머니에 넣고는
서로 조몰락거리며 만든 사랑의 부싯돌
바람이 매섭게 몰아치던 날
뜨거운 입김 나누며 종종걸음 세워 찾아간 찻집
향기 타고 흐르던 감미로운 선율
내리는 흰 눈이 너무 좋아서
팔짱 나눠 갖고
낭만을 수놓으며 거닐던 그 호젓한 고궁 길
퇴근길 동료들과 포장마차에 들러서 마신 소주 몇 잔
싸한 맛이 추위를 확 가시게 했고 --

모두가 겨울나기로 만들어 낸 특산물이기에
잊을 수 없고
더욱이 버릴 수도 없어
누구나 한둘은 꼭 - 추억으로 간직하고 있으리라

겨울은
가까이하면 할수록
더욱 따뜻하고 소중한 추억을 만들어준다.

제목 : 겨울나기
시낭송 : 박순애
스마트폰으로 QR 코드를 스캔하면
시낭송을 감상할 수 있습니다.

호수 위 여인

밤새 소리 없이 비가 내려
빈틈없이 차곡차곡 채웠나
강물이며 바닷물이
남몰래 조용히 밀려들었나.

넓게 펼쳐진 호수 위
피어오르는 물안개는
스며드는 붉은 빛살과 함께
무대인 양 효과를 그럴듯하게 만들어 놓고는
연인 한 쌍이
백조처럼 날개 펴며 춤사위를 벌이게 했다

붉은 태양이
높이 솟아올라 심호흡하자
호수는 썰물처럼 순식간에 빠져나간다.

그 연인
어느 틈에
가로수 밑을 오붓이 거닐고 있었다.

운명(運命)

생(生)을 두르르 말아 놓은 작은 공간에서
숨소리조차 있는 듯 없는 듯한데
창틀 문고리에 소복이 매달려있는 가련함을
애처로움이 훌쩍 뛰어넘는다.

운명이라면,
이 세상에 얼마나 많기에
무슨 연(緣)이 있어서 찾아와
그다지도 알뜰히, 단단하게 똬리를 틀고 앉았을까

희미한 빛살에 반기(反旗)를 들고
자신에게 매서운 회초리질까지 하면서
참지 못할 고통까지 받아들이기엔
하루가 너무 길기만 하단다.

잡은 손에 온기를 전해주고
다 녹아내려 가물가물하는 촛불에
작은 바람이라도 막아주고 싶었던 것이
내가 할 수 있었던 전부였다. 그날

시인의 초심(初審)

초야를 치르는 신혼부부처럼,

시를 쓸 때는
늘
일말의 기대를 하면서도

한 편으로는
두렵기도 하고
설레기도 한다.

한 편의 시를 쓰기 위해
이렇게 출발선에 선다. 시인은 언제나,

어느 여인의 지주(支柱)

비바람 치더니
폭풍우로 몰려와 어깨를 마구 흔듭니다.
몸부림으로 맞서보지만 하는 수 없어 그만
멍하니 그 자리에 주저앉고야 말았습니다.

운명이라 치부하면서 지내온 많은 시간
사랑이 그리움으로 밀려와 온몸을 휘감아 놓고는
이방인으로 만들었습니다. 그러나 당신은,

어느 틈에 슬며시 찾아와
내 어깨를 도닥이며 포근히 감싸주었습니다.
아직도 아니, 내일도 여전히
애들 아빠고 우리 집 가장이며
내가 가장 사랑하는 내 맘속의 당신입니다.
영원한 보호자이며 안내자입니다.

빈자리를 사랑으로 꼭꼭 채우고는
오늘도 동행하며
힘차게 하루를 엽니다.

사랑합니다. 사랑합니다.

반추(反芻)

젊음이 온몸을 휘감았던 시절
하늘을 날았고
태산을 울러 멨었지 그때는,

돌부리에 걸려 넘어져 시퍼렇게 피멍이 들었어도
툭 툭 털고 일어나 쉬지 않고 달려온 세월
아들딸 곱게 키워 남들같이 시집과 장가보내고
집사람과 기쁨도 고통도 함께하면서
알게 모르게 여기까지 왔으니
이보다 더 큰 행복은 없을지 싶다

뒤돌아보니 지난 일들이 크고 적게 포장되어
여로(旅路)에 잔뜩 실려 오는 것은
아마도, 내 삶에
미운 정 고운 정이 듬뿍 들어서 인가보다

행복은 늘 우리 마음속에 있는 것을,
근심 걱정은 크고 작고의 차이일 뿐 누구에게나 있는 것을,
인생은 나누고 보태면서 더불어 사는 것인데,

곱게 물들어가는 저녁노을이
슬그머니 내게, 역주행하자 한다.

눈물

감동과 고통이
인내의 한계를 넘어설 때
안개비처럼 흘러내리기도 하고
때로는 가랑비로,
어느 때는 폭풍우로 쏟아져 내리기도 한다.

얼마나 넓고 깊은지 알 수 없는,
마르지 않는 마음속의 못(淵), 심연(深淵)이다
조금도 넘치지 않고
작은 실 물결이라도 일지 않기를 바라면서도,
수정처럼 빛나는 고운 아름다움이
잠시라도, 조금이라도 흠집 나지 않기를 바라면서도
늘 채비해야만 하는 내면(內面)의 많은 근심거리를
세월이 한참을 지난 뒤에야 비로소 알았다

막내가 사준 빨간 내의를 가슴에 안고는
아내가 소매 깃으로 슬며시 훔친 그 눈물은
아마도
단맛의 눈물이었으리라
빛깔도 고운 눈물이었으리라

낙서(洛書) 장

마구잡이 떨이로 쓸려가려는 순간
낡은 작은 낙서장 한 권이
슬그머니 시선을 끈다.
잡동사니로 그득한데, 게다가
초벌구이한 인생까지도 펼쳐있었다
아무렇게나 나뒹구는 지난 날들의 민낯이다.

어제와 오늘 그리고 내일을 마주한 시간
잊히지 않을
소중한 추억으로 오래오래 남기를 바라면서
작은 정성이나마 여기저기 흔적으로 남겼다
초라하기 그지없었지만, 그래도 내겐
나 혼자만이 쉼을 할 수 있었던
작고도 호젓한 간이역이었다.
떠나고 싶지 않은,

언젠가 다시 만나보고 싶을 것만 같다.
旅路에 놓인 간이역에서, 그땐

한강 가에 앉아

태초부터 우리와는
숙명적 만남이었나 보다
기쁠 땐 함께 노래하고
슬플 땐 같이 통곡하면서도
허기질 때 배를 채워주었고
힘들어할 때는 기를 불어 넣어 주었다. 너는

갈기갈기 쪼개졌다가는 모이고
그러다가는 밟히고 또 쪼개지고
그리고도 허구한 날 갈등 속에 살아가는 우리
너 역시 참지 못하고
한없이 눈물을 쏟아내기도 했지

오늘도
무수한 빌딩 숲 사이로 유유히 흐르는 네게서
면면히 이어져 온
끈질긴 우리 조상들의 얼을 읽는다.

용서하며 화해하며 포용하며
하나 되어 더 넓은 곳으로 나아가라는
간절한 너의 소리를 듣는다.

옛날에 불렸던
아리수요, 한 수라는 아름다운 네 이름에
이제 더는 먹칠을 하지 말았으면,
너의 고운 노랫소리만을 들을 수 있었으면 하는
내 작은 소망을
하얀 물결 위에 띄워 보낸다.

저만치에서 유람선이 손 흔들며 지나간다.

된장찌개

대문을 열면
냉큼 달려와 내 팔을 끌던 된장찌개

반상 한가운데서 여전히 엷게 끓는다.
둘러앉은 식구들의 숟갈이 분주히 드나든다.

후 후 불며
내 밥을 썩 썩 비벼주시던 어머니

옛 생각에 여기저기 기웃대며 찾아가 봐도
그 맛은 어디에도 없었다.

구수하고 독특한 맛의 된장찌개
을씨년스러울 때면 더욱 생각난다.

긴 세월이 지난 후에야, 비로소
그 된장찌개의 참맛을 알았다

누구도 흉내 낼 수 없는
어머니의 극진한 정성이
양념으로 듬뿍 들어 있었다는 것을

그때 그 선생님! 어디에 계신가요?

아니, 선생님이 노동자라니요? 그게 무슨 말씀입니까?
가장 존경받아야 할 선생님이 스스로 그런 말씀을 하시다니요?

광주에 근무할 때 토요일 집에 왔다가 일요일 밤 열차나 야간 버스를 이용하여 다시 광주로 내려가곤 했다.
그날도 야간열차를 타고 지정된 자리에 앉아 눈을 감고 잠을 청했다.
그런데 누군가가 옆자리에 앉았는데 은은한 화장 냄새가 여성인 것을 직감적으로 알 수가 있었다.
잠시 눈을 돌려보니 30대 중반으로 보이는 여자분인데 가방에서 책을 한 권 꺼내더니 형광펜으로 줄을 그어가며 열심히 무언가 읽고 있었다.
눈을 스르르 감고 잠을 청하고 있는데 "이것 좀 드시겠어요? 심심할 것 같아 제가 과자를 사 왔거든요?" 하며 그 읽던 책 위에 과자를 한 봉 꺼내 놓는다.
나는 하도 뜻밖이라 "내?-- 예--"하고는 과자 하나를 집어 들었다.
심심하고 늘 지루했는데 오늘은 말벗하며 목적지까지 가려나 보다, 생각하니 별로 싫지는 않았다.
얼마가 지났을까
이런저런 이야기를 하다가 우리는 진지한 대화로 이어졌다.

121

저희는 학교에 하고 싶은 말도 제대로 못 해요.

교장 선생님은 어떠하시고요? 이사장 말이라면 껌벅 죽지요.

흔한 말로 이사장한테 교장한테 찍힐까 봐 숨죽이며 다람쥐가 쳇바퀴 돌리듯 그저 틀에 박힌 교육만 해요. 노예나 다름없다니까요.

아니. 학교의 대표자로서 선생님들의 대표자로서 교권을 보호해야 할 의무가 있는 교장 선생님이 꼭두각시라? 그렇다면 선생님들은 누구를 믿고 교단에 서야 하나?

나로서는 정말 이해가 가지 않았다.

학교가 있으면 학생이 있어야 하고 학생이 있으면 가르치는 선생님이 있어야 학교가 운영되는 것인데 선생님을 그저 노동자, 고용자로 생각한다니 이게 될 말인가?

어쩌다 야단이라도 치면 그다음 날 학교로 달려와 "귀한 집 애를 왜 애들 보는 앞에서 야단치느냐?"고 한바탕해 대는 부모도 있다는 것이다.

어린 학생이 선생님께 욕설하며 달려들기까지 하는가 하면 구타까지 하는 경우도 있다니 깜짝 놀랄 일이었다.

스승님의 그림자는 밟지도 않는다는 옛 현인들의 말씀처럼 선생님은 "존경과 숭고함" 그 자체가 대명사였기 때문이었다.

우리 학교 다닐 때 선생님이 국어 시간에 읽기라도 한번 시켜주면 방과 후 훨훨 나라 집으로 달려가 어머니께 선생님이 읽기를 시켜주셨다고 자랑을 하던 그 시절을 살아온 우리로서는 더욱이 이해할 수 없었기 때문이었다.

선생님? 정말 안타깝군요!

요즈음 학생들이 적지 않게 사회문제를 일으키고 있다는 그 젊은 선생의 이야기에 나도 매스컴을 통해 보고 들은 바도 있어 어느 정도 공감을 했다.

친구가 자가 말을 잘 안 듣는다고 집단 구타하고 따돌림을 시키고 심지어 유흥비를 마련하기 위해 절도 행각을 하면서도 잘못을 깨닫지 못하고, 용돈을 안준다고 자기를 낳아주고 길러준 부모에게까지 폭행, 상해까지 입히는, 앞서 이야기했지만, 선생님에게 대들고 심지어 구타까지 하고, 잘못을 나무라는 어른에게 더욱이 노인분들에까지 차마 담지 못할 욕설까지 하고, 담배 피우고 음주까지 하는 학생도 꽤 많다는 --등등 초중고를 망라해 폭넓게 이야기를 나누었다.

이것들이 누구의 잘못입니까?

어디서부터 잘못된 것입니까?

선생님들에게 권한보다는 무한 책임만을 강요하는 게 아닙니까?

80년대 초 교복 자율화가 문제였습니까? 너무 자유분방을 부추여 과부하가 걸린 것은 아닙니까?

자라나는 학생들이기에 자제력, 인내력을 길러주는 것도 어떤 면에서는 자유보다 더욱 중요한 것은 아닙니까?

대학 입시 제도가 문제입니까? 평준화를 외치면서 과학고, 외국어고 특목고 등을 세우는 것은 이율배반적인 정책은 아님입니까?

준비도 부족하면서 너무 넓게 문호를 개방한 것은 아닌지 모르겠습니다.

근면성보다는 무사안일에 안주함으로써 우리 젊은이들에게 3D 현상을 멀리하게끔 한 게 아닙니까?

여러 종류의 복권판매정책이 노력의 대가보다는 일약 천금을 노리는 한탕주의를 일깨워 준 게 아닙니까?

채식보다는 육식을, 그리고 운동 부족으로 성인병을 우리 젊은이들에게 너무도 일찍 물려준 게 아닙니까?

공부, 공부하며 남들이 한다고 내 자식도 조기유학 보내 외화만 낭비한 게 아닙니까?

애들 생각은 않고 그저 잘 키워 보겠다는 허황한 욕심에 4~5개 학원에 보냄으로써 커가는 상상력에 제동을 걸고 있지는 않았습니까? 그래서 특기가 없는 평범한 바보로 키우고 있지는 않습니까?

옛날과 달리 맞벌이 부부가 많은데 인성교육의 부재내지는 부족한 것이 아닙니까?

집에 와서 혼자 저녁 먹고는 쓰러져 자고 아침에 깨워 학교 보내고――

선생님!

무엇보다도 우리 기성세대와 위정자들의 책임이 크다는 생각이 듭니다.

무계획이요, 무능이요, 무소신이요, 무례함이요, 과욕이요,

과신이요, 아집 등으로 빚어진 당

연한(?) 결과가 아니겠습니까?

자라나는 학생들에게 더 크게 더 많이 눈과 귀를 돌려주었

으면 하는 바람이다.

선생님!

우리 어린이들을 하루속히 치료 좀 해 주십시오.

그래도 우리 대한민국을 짊어지고 나아갈 내일의 주인공들

이 아닙니까?

곪아 터지기 전에 빨리 치료법을 우리 기성세대에게도 알

려주십시오.

그래도 선생님들은 가장 존경받고 받아야 할 분들입니다.

또 그 어려운 관문도 통과하셨기에 많은 사람으로부터 부

러움을 사는 분들입니다.

누가 뭐라 해도 선생님이라는 자부심 긍지 가지셔도 전혀

문제가 되지 않습니다. 가지셔야 합니다.

너무 모든 것을 부정적으로 생각하지 마십시오.

오늘도 많은 학부모께서 당신들을 믿고 귀한 자식들을 맡

기고 있지 않습니까?

그래서 조그마한 선물이라도 주고 싶어 하고 집으로 초청

해 조용히 차를 마시며 이야기라도 나누고 싶어 하고 아담

한 음식점으로 초청해 저녁이라도 대접하고 싶어 하는 부

모님들 너무도 많다는 것을 아셔야 합니다.

그래도 나쁜 사학 재단보다는 좋은 재단이 더욱 많이 있어

콩나물 교실 신세를 면하는 데 일조를 했고요, 그러한 문제의 학생들보다는 우리 사회와 국가를 걱정하는 학생들이 더 많고요,

또 아버지 같은, 어머니 같은 인자하신 교장 선생님들이 훨씬 더 많지 않습니까?

미국 일본을 싫어하는 학생들도 있지만, 우리가 따라잡을 때까지 참자고 입술 깨물고 노력하는 학생들도 많지 않습니까?

상기되었던 그 선생님의 입가에는 어느새 미소가 머물고 있었고 과자 하나를 집어 내 입에 슬며시 넣어주며 말을 꺼낸다.

반(反)보다는 정(正)이 많아 우리 사회도 국가도 지탱하듯 선생님의 말씀이 맞습니다. 감사합니다.

그 여선생님은 나를 편하게 그냥 선생님으로 호칭했다.

열심히 가르치겠습니다. 병들어 있는 학생들 열심히 치료하겠습니다.

뒤따라오는 중국 두려워할 것 없고 일본 잡고 넘어 미국 따라잡으라고 말입니다.

우리가 지금은 누구도 미워하고 욕할, 한눈팔 시간이 없다고 타이르고 깨우치겠습니다.

이렇게 이야기를 주고받는 동안 기차는 벌써 광주 종착역에 도착했다.

우리는 서로 지루하지 않게 왔다고, 유익한 이야기 감사하다는 인사를 주고받으며 헤어졌다.

30대 중반이면서도 이목구비가 반듯하게 예쁘게 잘생긴 그 여선생님!
직접 과자 하나를 집어 살며시 내 입에 넣어 주던 그 여선생님!
처음 만났던 나에게 스스럼없이 학교며 교육의 실상을 말해주던 그 여선생님!
붉게 상기되었던 그 모습이 밉지 않던 그 여선생님!
지금도 교단에 서서 열심히 우리 젊은 학생들을 가르치고 계실 그 여선생님!
스승이란 자긍심 갖으시고 오늘도 즐겁고 보람된 하루 되셨으면 좋겠습니다.

교권보다 어린이들의 권리를 지나치게 우선한 것이 이 선생님의 여린 마음을 아프게 한 것은 아닌지 한 번쯤 되짚어 보았으면 하는 생각이 스쳐 간다.
선생님께 따뜻한 성원을 보냅니다.
늘 건강하시고 오늘도 힘내시기를 --

아름다운 유혹

경규민 제2시집

초판 1쇄 : 2018년 11월 23일

지 은 이 : 경규민

펴 낸 이 : 김락호

디자인 편집 : 이은희

기 획 : 시사랑음악사랑

인 쇄 : 청룡

연 락 처 : 1899-1341

홈페이지 주소 : www.poemmusic.net

E-Mail : poemarts@hanmail.net

정가 : 10,000원

ISBN : 979-11-6284-082-5